阎志诗选

常春藤诗丛

武汉大学卷

李少君 主编

阎志 著

陕西新华出版传媒集团

太白文艺出版社

图书在版编目（CIP）数据

阎志诗选 / 阎志著 . —— 西安 ：太白文艺出版社 , 2019.1

（常春藤诗丛 . 武汉大学卷）

ISBN 978-7-5513-1585-2

Ⅰ . ①阎… Ⅱ . ①阎… Ⅲ . ①诗集－中国－当代 Ⅳ . ① I227

中国版本图书馆 CIP 数据核字（2018）第 294776 号

阎 志 诗 选

YAN ZHI SHIXUAN

作　　者	阎志
责任编辑	侯琳
封面设计	不绿不蓝　杨西霞
版式设计	刘戈
出版发行	陕西新华出版传媒集团
	太 白 文 艺 出 版 社
经　　销	新华书店
印　　刷	北京彩虹伟业印刷有限公司
开　　本	787 毫米 ×1092 毫米　1/32
字　　数	88 千
印　　张	8
版　　次	2019 年 1 月第 1 版
书　　号	978-7-5513-1585-2
定　　价	45.00 元

如有印装质量问题，可寄出版社印制部调换

联系电话：029-81206800

出版社地址：西安市曲江新区登高路 1388 号（邮编：710061）

营销中心电话：029-87277748　029-87217872

珞珈山与珞珈诗派
——《常春藤诗丛·武汉大学卷》序言

一所大学能拥有一座山，已属罕见；而这座山在莘莘学子心目中拥有不可替代的崇高地位，在当代中国也是少有；并且，这座山还被誉为诗意盎然的现代诗山，就堪称是唯一的了。在这里，我说的就是武汉大学所在地珞珈山。

前段时间，我在网上看到一篇报道，是武汉大学北京校友会会长、著名企业家陈东升在校友会上的发言。他说："珞珈山是我心中的圣山，武汉大学是我心中的圣殿，我就是一个虔诚的信徒和使者。"把母校如此神圣化，让人震撼，也让人感动，更充分说明了珞珈山的魅力。

武汉大学每年春天举办一次面向全国乃至世界在校大学生的樱花诗会。有一年，作为樱花诗会的嘉宾，我也说过类似的话："站在这里，我首先要对珞珈山致敬。这是一座神圣的现代诗山，'珞珈'二字就是闻一多先生给它的一个诗意命名。从此，珞珈山上，诗意源源不断，诗情绵绵不绝，诗人层出不穷。"

因此，关于珞珈山，我概括了这样一句话：珞珈山是"诗意的发源地，诗情的发生地，诗人的出生地"。在这里，我想对此略加阐释。

第一，关于"诗意的发源地"。关于诗歌的定义，有这么一个说法一直深得我心：诗歌是自由的美的象征。而美学界早就有过这样的论述：美是自由的象征。在武汉大学，很早就有过关于珞珈山上武汉大学的特点的讨论。不少人认为，第一就是自由。即开放的讨论，自由的风气，积极进取的精神。早在 20 世纪 80 年代，武汉大学就被认为是中国高校改革的试验区，学分制、转学制、双学位制、作家班制、插班生制等制度改革影响至今。关于自由的概念争议很大，但我同意这样的看法，人所取得的一切在某种程度上是其自由创造的结果。2018 年是改革开放四十年，中国目前所取得的成就，可以说是中国人民四十年来自由创造所取得的成果。珞珈山诗人王家新曾说，现在的一切，是 20 世纪 80 年代精神的成就和产物。这样一种积极自由的努力，在珞珈山上随处可见，这也是武汉大学创造过众多国内第一的原因。包括珞珈诗派，在国内高校中，也是第一个提出诗派概念的。所以，武汉大学是诗意的发源地，因为这里也是自由的家园。

第二，关于"诗情的发生地"。武汉大学校园风景之美中国公认，世界罕见。这样的地方，会勾起人们对大自然天然的热爱，对美的热爱，这是一种天生的诗歌的情感。而在这样美好的地方生活、学习和工作的人，比一般人就敏感，也更随性随意，这是一种诗意的生活方式。樱园、桂园、桃园、梅园、枫园，校园里每个地方每个季节都触发人的情感，诗歌就是"触景生情，睹物思人"，因此，珞珈山是"诗情的发生地"。在这里，各种情感的发生毫不奇怪，比如很多人开玩笑说武汉大学出来的学生，比较"好色"，好山色水色、春色秋色，还有暮色月色，以及云霞瑰丽、天空碧蓝等。情感也比一般人丰富，对美的敏感度远高于其他高校学生。而比起那些一直生活在灰色都市里的人，珞珈山人的情感也好，故事也好，显然要多很多。

第三，关于"诗人的出生地"。意思是在珞珈山，因为环境的自由，风景的美丽，很容易成为一位诗人，而成为诗人后，必定会有某种自觉性。自觉地，然后是努力地去成为更纯粹的诗人，以诗人的方式创造生活。当然，这并不是说珞珈山出来的人都会成为诗人，而是说受过珞珈山的百年学府文化影响和湖光山色陶冶的学子，都会有一颗纯净的诗心，执着于自己的追求；会有一种蓬勃的诗兴，充满激情地为自己的事业而奋斗。陈东升说，珞珈山出来的人，天性气质"质朴而浪漫"，这就是一种诗性气质。珞珈人具有天然的诗性气质，也是珞珈人特有的一种气质，它体现为一种精神：质朴，故能执着；浪漫，所以超越。

　　说到珞珈山的诗人，几乎都有单纯而质朴的直觉。王家新算得上珞珈山诗人中的大"诗兄"，他是"文革"后第一代大学生，又参与过第一本全国性大学生刊物《这一代》的创办。《这一代》是由王家新、高伐林与北京大学陈建功、黄子平，吉林大学徐敬亚、王小妮，湖南师大韩少功，中山大学苏炜等发起的，曾经轰动一时。后来王家新因出名较早，经常被划入"朦胧诗派"，他的写作、翻译影响了好几个时代，他现在在中国人民大学文学院当教授、带博士生，一直活跃在当代诗坛。家新兄大名鼎鼎，但写的诗却仍保持非常纯粹的初始感觉，让人耳目一新，比如他的《黎明时分的诗》，全诗如下：

黎明

一只在海滩上静静伫立的小野兔

像是在沉思

听见有人来

还侧身向我打量了一下

然后一纵身

消失在身后的草甸中

那两只机敏的大耳朵

那闪电般的一跃

真对不起

看来它的一生

不只是忙于搬运食粮

它也有从黑暗的庄稼地里出来

眺望黎明的第一道光线的时候

　　我总觉得这只兔子是珞珈山上的，其实就是诗人本身，保持着对生活、对美和大自然的一种敏感。这种敏感，源于还没被世俗污染的初心，也就是"童心"和"赤子之心"，只有这样纯粹的心灵，才会有细腻细致的感觉，感觉到和发现大自然的种种美妙。王家新虽然常常被称为知识分子写作，但他始终没被烦冗的修辞技术淹没内心的纯真敏锐。按敬文东的说法，王家新是"用心写作"而不是"用脑写作"的。

无独有偶，比王家新年轻十来岁的邱华栋也写过一只小动物松鼠。邱华栋少年时就是诗人，因为创作成绩突出被保送到武汉大学，后来主攻小说，如今是鲁迅文学院常务副院长。邱华栋的诗歌不同于他的小说，他的小说是他人生经历和阅读学习的转化，乃至他大块头体型的体现。他的小说庞杂，包罗万象，广度深度兼具，有一种粗犷的豪放的躁动风格。而他的诗歌，是散发着微妙和细腻的气息的，本质是安静的，是回到寂静的深处，构建一个纯粹之境，然后由这纯粹之境出发，用心细致体会大自然和人生的真谛。很多诗句，可以说是华栋用自己的思想感受和身体感觉提炼而成的精华。比如他有一首题为《京东偏北，空港城，一只松鼠》的诗歌，特别有代表性，堪称这类风格的典范。全诗如下：

朝露凝结于草坪，我散步

6

一只松鼠意外经过
这样的偶遇并不多见

在飞机的航道下，轰鸣是巨大的雨
甲虫都纷纷发疯
乌鸦逃窜，并且被飞机的阴影遮蔽
蚱蜢不再歌唱，蚂蚁在纷乱地逃窜

所以，一只松鼠的出现
顿时使我的眼睛发亮
我看见它快速地挠头，双眼机警
跳跃，或者突然在半空停止
显现了一种突出的活力

而大地上到处都是人
这使我担心，哪里使它可以安身？
沥青已经代替了泥土，我们也代替了它们

而人工林那么幼小，还没有确定的树荫
我不知道我的前途，和它的命运

谁更好些？谁更该怜悯谁？

热闹非凡的繁华都市，熙熙攘攘人来人往的空港，已是文坛一腕的邱华栋，心底却在关心着一只不起眼的松鼠的命运，它偶尔现身于幼小的人工林中的草坪上，就被邱华栋一眼发现了。邱华栋由此开始牵挂其命运，到处是水泥工地，到处是人流杂沓，一只松鼠，该如何生存？邱华栋甚至联想到自己，在时代的洪流中，在命运的巨兽爪下，如何安身立命？这一似乎微小的问题，既是诗人对自己命运的追问，其实也是一个世纪的"天问"。文学和诗歌，不管外表如何光鲜亮丽，本质上仍是个人性的。在时代的大潮中，诗歌可能经常被边缘化，无处安身，实际上也不过是一只小松鼠，弱小得无能为力，但有自己的活力和生命力，并且这小生命有时会焕发巨大的能量。这只松鼠，何尝不也是诗人的一种写照？

一只兔子，一只松鼠，这两只小动物，其实可以看成珞珈山诗人在不同场景中的一个隐喻。前一个是置身自然，对美的敏感；后一个是身处都市，对生活和社会的敏感。这两只小动物，其实就是诗人自身的形象显现。

其他珞珈山的诗人也多有这一特点，比如这套诗丛里的汪剑钊、车延高、邱华栋、黄斌、阎志、远洋、张宗子、洪烛、李浔等，每个人都有自己对于美、生活和社会的敏感点，可见地域或背景对诗人的影响是自然的也是必然的。凡在青山绿水间成长的诗人，总是有一种明晰性，就像一株草、一朵花或一棵树，抑或晨曦的第一缕光、凌晨的第一声鸟鸣或天空飘过的一朵白云，总是清晰地呈现出来，不像那种雾霾都市昏暗书斋的诗歌，自己都不知道自己在发泄和表达些什么，总是晦暗和艰涩的。

　　当然，珞珈诗人的特点不限于敏感，虽然敏感是诗人的第一要素。他们还有着很多的其他的特点：自由，开放，具有理想的情怀、浪漫的色彩和包容的气度，充满想象力和创造力。这一切，也是珞珈山赋予他们的。自由，是珞珈山的诗意传统和无比开阔的空间，给了珞珈诗人在地理上、精神上和历史的天空翱翔的自由；开放包容，是武汉大学特有的居于中央贯通东西南北的地理位置，让珞珈诗人有了大视野、大格局；珞珈山那么美，东湖那么大，更是珞珈诗人想象力的根基，也是珞珈诗人浪漫和诗情的来源，而最终，这些都会转化为一种大气象、大胸襟和创造力。所以，珞珈诗人的包容性都是比较强的，古今中外兼容并蓄，没有拘谨地禁锢于某一类。所以，除了诗人，珞珈山还盛产美学家、诗歌评论家和翻译家，他们也都写诗。整座珞珈山，散发着一种诗歌气质和艺术气息。

总之，珞珈诗派的诗歌追求，在我看来，首先，是有着一种诗歌的自由精神，一种诗歌的敏锐灵性与飞扬的想象力；其次，是其开放性与包容性，能够融汇古今中外，不偏颇任何题材形式；最后，是对诗歌美学品质的坚持，始终保持一种美学高度，或者说"珞珈标准"，那就是既重情感又重思辨，既典雅精致又平实稳重，既朴素无华又立意高远。现实性与超越性融合，是一种感性、独特而又有扎实修辞风格的美学创造。

李少君

2018 年 10 月

目录

辑一

风过耳

辑二

江湖集

辑三

岁月集

辑四

童年集

辑五

天涯

辑一

风过耳

风过耳

我要在故乡的

群山之中

修一座小庙

暮鼓晨钟

与过去再也不相见

原谅了别人

也原谅了自己

佛经是很难读懂了

大多数的功课

只是为孩子们和

所有善良的人祈福

闲时

看一株草随风摇曳或者

倔强地生长

有风经过时

檐下的风铃肯定会响起

才记起看看

山那边的故乡

依然会让我怦然心动

那就再多诵几遍经吧

直至风停下来

渡口

秋天深入到湖水之中
微风都可以让人战栗
渡口还在
波澜依然不惊

长椅上的张望
只等来岁岁枯荣
沉入湖底的疼痛
与所有人无关

早就应该走进
落英缤纷的山径
因为最深的丛林
往往就是最远的江湖

也许在另一个渡口
在岸边的芦苇丛中也有个人
迷蒙中看到秋风才起的湖面
有人踏波而来

虚石牧场

我想起草丛中
星星散落般小花的名字
还有池塘边
偶尔被猎户惊起的清晨
葡萄园只有一个工人在劳作
阳光依旧照在他的身上

牧场上的牛群
不需要知道明天的事情
山坡上麋鹿、火鸡依次出现
透过丛林
可以看见远山后的夕阳
层次分明而且触手可及

就在山顶的石头上坐坐

或者听听

几乎与故乡同样的

松涛之声

仿佛是从少年的某个午后醒来

城堡

热闹的城堡没有烟花
只有那些金色的小花
散落在草丛中
伴着钟声盛开

伏尔塔瓦河匆匆流过
中世纪的思念
已在桥下的绿洲上
长成一棵树
甚至是一块石碑

南波西米亚的风刚好吹过
只是远处半山上的城墙
已没有人在注视
山下红瓦一片

模糊了圣维特大教堂的塔尖

唯有山坡上的金色花朵

每年依旧盛开

像是在等待

也像是漫不经心地盛开着

大雪南行

火车开去

以为大雪会追赶

其实并没有什么舍不得

而且大雪还在一点点变小

积雪变薄

也变得很轻

没有一点声息的飘舞

树梢对飘落的雪毫无牵挂

有些雪还在坚持

在山顶　在河边　在田野

仍然无动于衷

前方到站

回头一看

雪全部无影无踪

挥一挥，就说句

大雪快乐吧

对

大雪快乐

回望

　　一部分匈牙利人坚定地认为自己的祖先是匈奴人，布达佩斯的渔人堡上，有一尊匈牙利首任国王圣·伊斯特万的雕像，国王一直深情地凝视着东方。

从东方绝尘而去
风沙漫漫
依稀还能闻到水草的气息

在成为一尊雕像前
还来得及怀念
关于大漠的种种

其实
没有比雕像更长久的回眸

没有比石碑更温暖的守望

即使没有归途

也绝不改变凝望的方向

清明偶得

我们要热爱山巅飘洒的雪花
我们要聆听兰草花开放的声音
对于故乡
我们要做一个多情的人

我们要热爱深山盛放的杜鹃
我们要熟悉清明时洒下的雨滴
对于故乡
我们要做一个最多情的人

我们要把所有的赞美诗都献给她
我们找不出更多的词去形容她
对于故乡
我们只有做一个最多情的人

致母亲

如果您是我的孩子
我想我也是可以
像您爱我一样爱着您

而我只是您的儿子
我只是粗糙地爱着您
我只是隔三岔五才想起要爱您

我们总是想
让孩子快快成长
却忘了您会同时老去

好吧，既然我们改变不了时间
就趁还来得及
好好抱抱您　紧紧抱您

像拥抱孩子一样　紧紧抱您

说一句：我爱您

就像小时候您总说给我听的那样

纯粹而又深情

还是风

看看由白变蓝的天空

刚好有风经过

抚慰那道不浅的伤痕

虽然一切变得模糊

甚至终究什么也没有留下

但很多很多年后

在某个阴雨天

某座大桥

某个火车站

某个港口

某个机场

会想起一个人

好像来过

好像痛过

好像昨天

也好像二十世纪
也许其实只是风经过
也许真的是好久不见
也许从未相见
只是风刚好经过
……

辑二

江湖集

江湖

这是我的江湖还是你的天下
三少爷的剑一树梨花
雨就下吧
窗台边的海棠夜夜肃杀

是你在峨眉还是我不知归途
书生意气吹皱一湖的思念
我不归去
胡不归的西域茫茫大漠炊烟

江湖很小怎么走得出你的发梢
我奋身一跃没有奇迹
歌最后一程哭最初一次
没有开始的江湖如何结束

你的深刻的仇恨

在天山上在白发女的枕上

看不到的悔看不到的尽头

其实就是我的天涯

华山往事

一

江湖上很久没有你的消息
这几年江湖很平静
因为你的离开

自从那一年的华山论剑
那一剑的温柔
令天地动容
下了三十六天的雨
江南淹了
有一种柔情也同时被淹没

我在玉泉院
沏一壶龙井

等你翩翩而至
白色的披风
飘逸的黑发

你没有出现
甚至没有一点关于你的消息
没有你的江湖
平静得令人窒息

大家似乎忘了你
没有人愿意提起你　在我面前
因为你的离开
这个江湖显得冷漠无情
不需要怀念
不需要过去

二

那是一把忧伤的剑

剑气如霜
于是大家称它如霜剑

有时候
你的秀发散落在剑鞘上
那是如此让我心动

从此我再也没用剑了
我是这么粗俗
根本不配用剑
不用剑的我仍能独步江湖吗
很多人因为这个疑问
而纷纷赶到白云峰顶
看那场我与太湖老妖的决战

你也来了
平静得如同那把如霜剑
似乎不是来看当世两大高手的决战
而是看两个孩子的游戏

我已经忘了太湖老妖最后是如何死于

我的手下

我的混元功早已不需要刀剑了

我一指如剑

后来人们说我偷学了六脉神剑

他们太笨

能杀人的岂止只有刀剑

还有你的眼神

在我的胜利面前

你不屑一顾

淡淡地扫了我一眼　飘然而去

那一刻注定了我与你一世的纠缠

三

少林寺的正一法师来了

他是我在江湖上少有的两个朋友之一

他来找我只是为了下棋

我们这盘棋已经下了十六年

十六个春去春来
我已不再是意气风发的少年
正一法师倒是更加德高望重
他将那枚白子扣下时
像是随意问了一下
有她的消息吗

正一法师是在问你
我苦笑
我灰白的头发在苦笑
华山红了又灰　灰了又绿　绿了又红的
树叶在苦笑
因为实在是没有你的消息

我每天都走一遍华山
北峰南峰中峰东峰西峰
莲花峰三元洞擦耳崖梅花洞
药王洞五里关五狼谷

下到东山门回到玉泉院
十六年从未间断
总盼望你白色衣袂能在
华山再现江湖

终于我也老了
我也成了江湖中人的笑料
他们称我剑痴
剑，是因为我独步天下的剑术
痴，是因为我十多年的寻找与等待

四

梅花飘散了一地
黄老邪又现江湖
他是太寂寞
他不像我还可以和正一法师下下棋

当世几大高手中

我更喜欢黄老邪

倒不是因为他武功如何

而是他对亡妻的一往情深

多么像我

我知道他已经到了三王母庙

他身上的那股邪气与痴气

我早就闻到了

你当年不该威胁她

你爱她就不要战胜她

你应该永远是她的手下败将

你应该永远对她俯首称臣

黄老邪说这些话时已变幻了身法

使出了落英神剑掌第十七招

我愣在原地没有出招

黄老邪的掌风到我胸口时迅速转变方向

打到旁边的一棵松树上

那棵松树立即枯萎

叶子枯黄而散

是的，我为什么要赢你
我为什么还是使出了那招
我曾答应你绝不使出的
最后一剑

五

没有你的江湖如此无趣
我试过离开华山
游走江湖
路见不平拔刀相助
也想有几次邂逅
试着忘记你
用别的女子

在西湖边我见到了玉罗刹
江湖中称"江南第一女侠"

的确很美　很健康的美
我和她交过手
在第二十六招时她认输了
还请我到她的罗刹小筑
几样精致小菜　红袖添香
那一刻我真希望自己从此迷醉
完全忘记你

但是我真的做不到
当玉罗刹褪去披风露出香肩时
我飞身而起
逃离罗刹小筑

我做不到
我真的做不到
逃离中全是你的身影——
当我用最后一剑指向你时
你眼中的绝望
你完全可用剑挡开
我只是使了一成功力

我只是想开个玩笑

如霜剑从你身体穿过
我才知道原来
有些玩笑是不能随便开的
我才知道
你如此看重我们之间的约定
我才知道
有时误会就是一种宿命

六

天下无双又如何
我练成了混元功又如何
没有了你
生又如何死又如何
富贵又如何贫贱又如何
与正一法师的那盘棋输赢又如何
黄老邪将我击伤又如何

华山的树多了十六轮又如何
韩愈投书真又如何假又如何
玉泉院的水清又如何浊又如何
我想不清楚
我已在华山坐成了一尊石头
还是本来我就是片树叶
在华山深处飘零
雨打也好风吹也好

我无路可走
我等了十六年
你要么在谷底
要么在天堂
我别无选择
我其实早已心力交瘁
我知道自己再熬不下去了
我正在快速地老去
我只有飞身而下
直奔谷底

七

我从长空栈道上
跃下
山谷里除了杂石乱草
什么也没有
没有传说中的湖、传说中的洞
更没有传说中的意外重逢

没有你的转身回头
没有你的嫣然一笑
没有你向我扑来唤一声我的小名
只有我在乱石中放声长啸

我就是这样一啸白头
并且再也记不起自己是谁
我是欧阳锋还是周伯通
我是黄老邪还是段王爷
我是王重阳还是洪七公
无论我是谁还是谁是我

都有一个你　伤心欲绝

也许在我最后一剑刺向你时

你就已死去

只是我不愿意面对现实

不愿意相信我最爱的人

死在自己的剑下

死在我和你共同创建的剑招之下

死在我们的共同承诺之下：

谁使了这最后一剑

另一个人绝不接招

任他刺下

你没有想到我会使出这最后一剑

你误会了还是我太任性

江湖人人称羡的神仙伴侣从此天各一方

八

我老了

真的老了
十六年的等待如此漫长
华山的风霜刻画了我的苍老

很多东西已经不能重来
我刺向你时如果是另外一招
或者我们不创造最后一剑
不约定
再或者我不故意使出来
再或者你知道我的深情
知道这只不过是一个玩笑
可以重来吗可以重来吗
华山不语

正一大师陪我下了十六年的棋
只是不想让我走火入魔
从而危害江湖
现在好了
大家都解脱了

我老了

即将油干灯尽

我不能再等下去了

谁也不用再惦记如何战胜我

下一次的华山论剑

江湖人终于少了一个劲敌

从此江湖再无如霜剑

从此江湖再也

不用笑一个人苦苦等待

不用听一个人深深忏悔

江湖安静了

九

华山这洞天福地

有很多奇迹

唯独我没有等来

但是我还是要在这石崖上刻下

我对你的思念
至少要告诉世人
有些传奇是真的
有些情感是真的

是的，很多很多年后
有一个人说过
曾经有一段感情放在面前
不懂得去珍惜
那说的就是我吗

是的，很多很多年前
有一个人将一卷书从华山抛下去
那不是书是我写满的思念
那人其实不是韩愈
而是我

是的，华山上有很多洞穴
那也不是什么神仙留下的
而是我十六年来一个一个凿下的

我只是在寻找你的途中

在这些洞里停歇一下

或者避开不期而至的山雨和行人

我还在华山上种下了

成千上万棵枫树

每到深秋霜浓时节

华山红遍

现在这一切都将离我而去

我老了

我也许不是等了你十六年

也许是三十二年也许是一百六十年

不然我怎么如此苍老

在我要合上双眼永不再醒来时

我要发大愿力

留在你身边

我不管轮回

我只要陪在你左右

漫山遍野的华山红叶

是我用尽所有的力量对你的呼唤

我看得到你的流连

我看得到你的徘徊

几世的破茧成蝶

用排山倒海的思念

打动一次上苍

空心人

一

好吧，我们就在橘子洲头
一决高下
既然你如此需要一场胜利
证明自己　不爱了
就证明自己不爱了

当年的华山论剑
错过了的恩怨情仇
重又提起　又何妨
就算是倚天剑也斩不断的
魂牵梦绕
又魂牵梦绕了几十年

想知道我是怎样做到了

不爱了吗

我让自己闻不到花香

感觉不到风起了

也看不到云去了

甚至雨，再冰冷的雨

也淋不醒我

想不起任何事情也就

想不起你

我做到了

我真的做到了

我成了一个空心人

除了一把黑铁铸的剑

我一无所有

除了一场一场武艺比拼下去

我无所适从

从此江湖上有一个

只知道剑、酒、武功的

空心人
放心，那是一个想不起你的
空心人

二

不是说在橘子洲头
怎么你去了岳麓山
可是我真的赶不到了
我知道你想在山上
告诉我什么
我也知道百花错拳只有在
山上的那片桃林中才演绎得出一片烂漫

可是，我这次真的赶不到了
江湖上只知道我和你有这场
生死之约
包括你也不知道
为了不想起你

为了不记起你
我耗费了几乎全部的心力

是的，我练成了空心拳
在一个雨夜
我还没能忘记你
在山谷中狂奔
告诉自己只要你能快乐
只要我能忘记你
我怎样都可以
一阵霹雳过后
我醒来，我真高兴我终于
忘记了你
而我的心力也开始一天一天交瘁

我是几乎用尽最后一丝力气
来到橘子洲头
只为见你这一面
可你怎么去了岳麓山
难道你已知道我是我了

怎么可能
连我都不记得我是谁了
你怎么知道

三

我知道那里有我们的记忆
关于剑
关于海
关于江湖的记忆

岳麓山上的相遇几乎重写了
我的情感和骄傲
秋雨中
你长袖一舞
舞一地缤纷落英
你问我这百花错拳如何
我什么也没说
我只是知道从此我再也不能

肆意饮酒、舞剑、走江湖
我只是知道从此多了一个
羁绊
但我还是没有料到
这个羁绊牵挂了　一生

你一定要我也舞一下剑
我的黑铁铸剑刺出的一刹那
我也看到了你的灿烂
从那一天起
江湖上有了传奇
都是关于你我的传奇

四

我们为什么一定要一决高下
既然这么相爱
武林中一定只有一个老大吗
我说了我不做

我说了你是我的老大
那一剑只是个误会
那一剑　　那一剑

我现在才知道
有些时候应该什么都不做
什么也不说
静静地
只需要静静地
等待一朵花的开放
因为它终究会开放

其实再说又有什么用
所有的武功与剑术
终将和我一起被橘子洲的
枫叶掩埋

不说了
我已经没有气力说什么
空心人空心拳空心

五

你终于来了
我信了老天爷
你还是找到我
你衣袂飘飘
手里多了一把晶莹的剑

可是你已经认不出我了
不怪你，真的不怪你
因为连我都不认识我自己

刺出了
你终究刺出了
我看出了那是六脉神剑
我已没有力气拆招了
我只是静静地从容地看着
那把晶莹剔透的剑刺入我的
心口
好了，我终于再也不痛了

真的真的再也不用痛了

六

最后那一刻
我看得出你的慌张
你没有想到一个纵横江湖的
空心拳高手一招未出

我求你一定不要摘下我
不爱的面具
因为也许你会认出我
就算事隔经年
就算风霜早已让我面目全非
还是不要你看到一点点
我深爱的真相

谢谢你终于没有认出我
这样你还可以恨我

还知道有个人有把剑

与你相忘于

江湖

谢谢你把我放进湘江

我一点一点沉入江中

带着自己为爱早已空了的心

沉入江中

我知道会有一天

我会卷入长江　汇入大海

然后

然后成为一次次潮汐

朝着你的方向

吟唱

伴你安睡……

辑三

岁月集

岁月

这是怎样的一个夜晚

又将是怎样的一个清晨

可以肯定

阳光会照射进来

温暖我们未知的岁月

这是您的光芒

是您的荣耀

无论暗淡与伤痛

终将远离

我尝试着聆听您

那天籁般的声音

是您在启迪

善良的人们啊

内心强大

城市的和解（组诗）

城市

房价为什么这么高
汽车为什么这么多
CPI 一直居高不下
隔壁的两条狗结伴逃走了
其实主人对它们很好

每天有许多报纸
电视有许多频道
KTV 的小姐是位老乡
沿江的那栋楼终于完工了
在八十八层的高度上仍看不到乡村

忘记了时间
忘记了地点
9 路车站依然记忆深刻

步行街上熙熙攘攘的俊男靓女
并不知道明天是否还相聚

很久没有回乡下看看
很久没有与你联络
《二十四史》里关于这个城市的记载
没有一个平凡人的名字
所以我们只有在酒吧里醉倒

天空中没有云彩
夜晚也没有星星
二十岁前的记忆不属于这里
在霓虹灯突然闪亮之前
我找不到刚才的自己

生意

还好你没有把这句话当真
我从你闪烁的言语中知道你的底牌
就这样签了吧
真的不能按时发货　我们好商量

就让秘书去打印　然后签上字　盖章
OK 了　认识这么长时间我们还没有
好好喝喝
明天一定要把款子打过去　这是信用

我同学的妹妹是你战友的弟媳
再来一瓶 XO 吧　说了不加冰　纯的
等会去洗个脚、打个牌、桑个拿还是唱个歌
时间还早

怎么货还没有送到　你是在害我

通知律师　发个函　再算一算赔偿

我们之间有什么关系　甲方和乙方的关系

赔偿与被赔偿的关系

一切与感情无关　这是原则

有这事吗　不可能　绝对不可能

你是兄弟　我们还是兄弟

对　我们还喝过 XO　纯的　那夜醉了

上次要你赔偿　纯粹是别人搞的鬼

这一次你是甲方　要多关照

我这句话是真的

这就是我的底线　这是原则

降降就可以签

那就降降　签吧　早点签吧　等会

好好喝喝

画像

你看你那副嘴脸
油光瓦亮的脑袋
明明跟我是老乡你还要装港商
昨天还说是兄弟今天就举报了我

你看你那副嘴脸
张牙舞爪地表演
明明小学没毕业还要当教授
走私完成的原始积累怎么也说不清

开着一辆大奔驰
车牌还是五个8
跟旁边那位女士眉来眼去
多么生动的一副嘴脸

你弄回了许多荣誉

还想得到更多赞扬

你更加卖力地表演　手舞足蹈

多么令人厌恶的嘴脸

没有绝对坏的人

我一直试图理解你

可是我还是不能接受你那张嘴脸

因为我看不到这张嘴脸后面

有时落寞

有时脆弱

并且大多数时候不堪一击

打工

来一盒盒饭
一元的就行
老乡们还很照顾
十几个人挤一个房间　热闹
有活干　工钱能兑现比什么都好

工头也是老乡
人有点凶　但其实很好说话
上个星期我重感冒　三天不能干活
他只扣了我工钱　没赶我走

一天也就干十来个小时
站在塔吊上不怕
看到下面来来往往的车　挺有意思
安全设施？有时有

管不了那么多
关键是　有活干　工钱能兑现

晚上有时看看电视
电视机是城里人丢弃的老东西
有几个年轻的老乡还会打打牌
实在是累　所以一般都睡得早
房间里尽是汗臭　脚臭　很潮湿

我不能在城里乱花钱
盒饭只能吃一元的
家里还有两个孩子
老婆带着
孩子要读书　要穿衣
所以有活干　工钱能兑现
我就很知足了

看着城里的孩子过得那么好
我就很想我的孩子
他们跟着我吃苦了

他们没投好胎　没有生在城里

所以一定要让他们读书

读书才有出息

所以有活干　工钱能兑现

我真的就很知足了

休息

停下来　休息休息
请人喝酒不如请人吃饭
钱赚不完

新华路口有个报摊
摊主很悠闲地看着来往的行人和车辆
在商场的侧门有个卖烤红薯的
笑得很灿烂

你怎么就是停不下来
生不带来死不带去
忙什么忙
不做点事对不起自己
做成了事对不起别人
有人惦记你

工地到处都有

最快乐的人在流汗

但他们多么快乐

你的时间以分秒安排

没有周末

事情一拨接着一拨

许多美丽的事物　正在盛开的花朵

与你无关

受伤

谁来安慰你
你已经不是孩子了
找个角落
天桥下或者烂尾楼里
舔一舔自己的伤口吧

繁华与你无关
过往的豪华车　美妙的女子
城里人幸福的生活
与你没有什么关系

你很想回家里看看
田头上忙碌的老婆
在乡村小学读书的孩子
还有一辈子没进过城的爹娘

但车票太贵
在这个夜晚你只有静静想念

刚才过马路被车撞了
没什么大伤就算了吧
你想申辩几句他们装作听不懂
挥一挥手人都散了
撞你的车也不见了

你记起来还没吃饭
闻不见田野的炊烟
你总是忘记吃饭
也许是你想省下这顿饭
省下钱可以给孩子买个作业本

今天

1:00

这是五月二十八日的凌晨一点
窗外蛙声一片
原来城市里的蛙声如此迷人
没有了歌声与汽笛声
只有一个人静静地在灯下
努力地写着　如同历史的旁观者
看着几百万人在这个城市安静睡去

我试图越过午夜十二点
回到五月二十七日　平凡的一天
地震已经过去了两周
巨大的悲哀渐渐平息
一切朝着正常的样子发展

最后大家都会装作无所事事

潇洒地走过

但是我回不去

我仍在凌晨一点

看时针逼向两点

我甚至期盼有神灵　给我一些启示

在下一个时辰如何睡去

大地如此安静　只有蛙声一片

但我是如此难以入睡

2:00

在梦里　我看到自己

慌张的少年　挤向一列火车

盼望能顺着列车的方向　奔向你

梦是如此短暂

以至列车还没有出站
我就被另一个梦拉进另一个场景

这里的一切如此陌生
房子里空无一物
我四处寻找

抓不住你
却看到你奔向火车的方向
我挤不上那列火车
我无助地看着
火车驶向未来的尽头

我发现自己手中空无一物
没有车票
我终于知道为什么
我不能挤上那列火车

3:00

我也终于安静了
旁边熟睡的人多么亲切
世界静止吧
让一切都安静吧

桌子不思考
笔也不思考
中山大道明亮的路灯不思考
江滩边的青草和花朵在安静地生长
也不思考

我在这夜的上空
建筑物多么宁静多么安详
偶尔的灯光偶尔熄灭
在开发区宽敞的停车坪上
在已经人去楼空的机场候机厅
在静静的长江上空
我找不到你

更找不到你遗失的纯真

我只有睡去
试着不思考地睡去

5:00

夜更加黑暗
有一群人打破最后的宁静
他们从安徽拖来了一批白菜
准备给这个城市的凌晨一些营养

这几个人的头儿叫二哥
他是一个烟鬼
大家只知道有二哥不知道有大哥
所有进城的菜都要经他的手 被烟熏黑的手
二哥其实很富有
完全可以不用天天起早床
参加到贩菜的队伍中

但他总不放心
大约他是害怕有人背着他做了大哥

在他们贩菜的同时
这个城市同时有五十六个窨井盖被盗
有几声惨叫不知道从哪个角落传来

7:30

我终于挣扎着醒来
孩子们已经向学校奔去
红领巾系在脖子上　好鲜艳
大街上　突然嘈杂
立即不堪入目

晨雾中一辆救护车
呼啸而过

我想弄杯牛奶喝

可是冰箱里空荡荡

我只有饿着肚子

呼吸清晨的空气

一年之计在于春

一日之计在于晨

我告诉自己要抓紧时间　赚足够多的钱

我今天要跑三条大道

要想办法钻进五个小区

争取收六台旧电视机

我出发了

我迎着早晨八九点钟的太阳出发了

骄傲的　收破烂的

我　出发了

9:00

白领们互相鼓励

今天老板心情相当的好

一定要将一个月的发票都送给他签

鱼目混珠　里面有百分之二十的水分

白领们穿得非常白领

手机也是相当时尚

关键是彩铃非常的个性

铃不惊人死不休

九点是属于白领的

上午是属于老板的

咖啡谁要　可乐谁有

有品味才喝矿泉水

总监买了辆新车

主管才换了老公

路易威登的 A 货出没在江汉路

才开张的新佳丽时尚广场生意很一般

方案做完了

老板又发脾气了

最近他老爱发脾气

他就这素质

告诉你

今天公司走了两个来了三个

告诉你

今天公司里一个人也没有

游荡的都是第十九层的魂灵

都很熟悉　都很陌生

10:30

就在今天

战火越过伊拉克向亚细亚蔓延

就在今天

希拉里仍不服输

奥巴马只有干瞪眼

下一任美国总统跟我们没有任何关系

两岸执政党主席实现首次会晤

电视里少有的长时间播放会晤细节

两位领导人都彬彬有礼　谈吐不凡

就在今天

还有一位大人物来到中国

报纸上的主要内容仍然是关于地震

我想起自己昨天还是做了一个梦

我在新加坡

我在新加坡也遭遇到地震

看来我也需要心理辅导

就在今天

一位愚蠢的好莱坞女星

为她的一句愚蠢的话

付出代价

面对新闻

我们有时的愤怒让我们自己吃惊

原来我们还可以如此深情

原来我们还可以如此执着

在今天

我告慰自己　我还能为一些事物动情

12:00

世界上所有的事物都是相关联的

譬如　午餐

正午的江城如此烦躁不安

潮湿的气息弥漫整个市郊

市中心的人们开始逃离

今天的午餐在哪里

我与你擦肩而过

毒药香水转瞬即逝

我抓不住你

你要奔向何方

江汉关的钟声二十年没有响过

黄鹤楼的鹤鸣几百年都没有叫过

谁也不要责怪谁

只怪我与你　擦肩而过

在正午十二点

我吃不下这些东西

关于淡水鱼的谣言还未散去

心里阴影就像午后的树荫

一直都在

13:00

我从没有睡午觉的习惯

我害怕在白天睡去

梦中的现实无比残酷

一个成功的策划

一笔失误的交易

醒来如同梦中　不切实际

下午一点　太阳很毒

照射进我的身体　　四肢在发生变化

有没有一种病毒因为它的照射而消失

我不得而知

在城市通往郊区的路上　　彩旗飘飘

孩子们说　　到处是工地　　到处是挖掘机

图纸还睡在那里　　工地在午休

睡不着的我　　还在堆砌着什么

手里的标尺丈量着什么

这是下午一点钟的工地　　这里静悄悄

工友们喝下劣质的酒　　很容易睡去

有个捡破烂的　　正打着那堆钢材的主意

15:00

股市最近一直在三千四百点　　盘整

昨天的黄金岁月　　一去不返

农人开始耕作

种下的作物　旺盛地生长

火车站拥挤的人群

广场上孤独的花　鲜艳地盛开

公园里散步的老人

穿越高速公路的狗　令人怜惜

为了不撞上它　一辆车急刹

后面一辆车撞上来了　鲜血如同梅花

高速公路的柏油更加光滑

领导一直没有圈阅文件

许多人要搬家

城市开辟一条河流　通往南海

许多帆船驶入城市的港湾

水手们拥进一个个光鲜迷离的酒吧

在这一刻

火车站拥挤的人群中的某人

高速公路上死去的某人

水手中的某人

还有空中客车 A320 的轰鸣

互不关联　除了时间

18:00

我在这里　我在路上　你在哪里
小鹿是名电台主持人
她在FM103.8兆赫里总爱说：
我在这里
我是"音乐放对位"的主持人
在对的时间遇上对的人

如果一切都像小鹿说的这样
就好了　在对的时间遇上对的人
我刚刚在建设大道的青年路口
遇上昨晚敲碎我车窗抢走我的包的那个人
对于我　还是对于他
是谁在对的时间遇上对的人

小鹿推荐了一首歌

《不必太在意》

我在这里
在川流不息的车子和人群中
你在哪里

不再忧郁　不再徘徊
歌里唱得多么轻快
但汽车已经堵了一个小时
你说你在哪里

我希望在下一个路口遇见你
你依然浅笑
在城市的斑马线上
原来
你在这里

19:30

我快醉了
这件事你一定要帮忙
对面的这位女士贵姓
刚才喝过　刚才敬过
刚才擦肩而过

快吃菜
鱼翅鲍鱼龙虾燕窝辽参
总有点营养
吃饱了才不会失眠
快到夜晚了
我看得出你的焦虑

我已经醉了　吃不动了
你送我回家　放心
我什么都干不了
特别是在夜里　我害怕在夜里
一路的车灯　太耀眼

以至你看不到转弯标识

我们终于不负责任地撞上了花坛

我什么也没干

你伤得很重

找个地方喝杯茶

碰上一个熟人

他怎么如此熟悉你的伤口

这个夜晚　我根本不懂

22:00

我知道　诗人早就说过

世界万物终将归于沉寂

但那是两个小时之后的事情

现在我需要你

干预我的生活

太平静了　夜晚十点

小镇上找不到一个人影

我踽踽独行

昏黄的　时亮时熄的街灯

都知道　我需要你

于是我们对面而坐

邻桌的两个人有些熟悉

其中那个受伤的女人

是从小镇上逃离的

她也知道　我需要什么

小镇上生意清冷

夜宵摊上没有一个顾客

四处游荡的我　看不到街的出口

几百年的房子里像我这样游荡的灵魂

比比皆是　不足为奇

其实我并不可怕

需要的也不多

我只是在夜晚十点　回来

回到我的小镇
我才能安睡

0:00

城市仍然如此烦躁
我多么想念我的故乡
那是一个小镇
深夜十二点安安静静的小镇

但据我所知
那个小镇正在变成一个矿区
一条美丽的河流　满目疮痍
辛勤的人民正在河沙中寻找矿石

我知道　今天就这样过去
都将归于寂静
而明天有无限可能
在梦中的梦中　现实离我们更加遥远

城市对于我们的去向　一无所知
在一个一个的深夜零点
你们不能了解别人的焦虑
就像我们不能了解城市的焦虑

一切强行归于沉寂
因为时间指向零点
可怕的可爱的都不重要
重要的是我们如释重负
洗净自己　平静安睡

上帝以及佛祖　保佑
我们平静安睡
明天好好醒来

北京时间

从现在起进入北京时间

对，全世界同时进入北京时间

2008 年 8 月 8 日 20 时

全世界的时间与北京一起共舞

看吧，一个才从苦难中走出来的民族

正用动人的微笑欢迎你

欢迎你进入北京时间

从现在起无论肤色无论信仰

都一起进入：北京时间

2008 年 8 月 8 日 20 时

全世界的兄弟姐妹与我们一起祈祷

和平和安宁降临大地

看吧，一个个热爱和平与生命的民族

手拉着手共同走进

共同走进北京时间

从现在起蓝色的天空绿色的大地

不再离开我们

不再离开我们的北京

2008 年 8 月 8 日 20 时

看吧，一个懂得尊重和珍爱的民族

用热情与爱欢迎你

欢迎你进入北京时间

奥运时刻

一个属于全世界的光荣与欢乐的时刻
一个承载着五千年梦想与追寻的时刻
正迎接着我们
正期待着我们

是的，我们都已准备好了
是的，我们刚刚走过苦痛
是的，我们从不以为已经做得足够好
是的，我们还要再接再厉
但我们必须走进这个时刻
这是我们的洗礼
这是我们的新的起点

在这个时刻
我们期盼超越

在这个时刻
我们期盼理解与宽容

是的，全世界兄弟姐妹挥舞着各色的旗帜
是的，全世界的兄弟姐妹用真诚的笑容
是的，全世界的兄弟姐妹用热情的拥抱
是的，全世界的兄弟姐妹用理解与宽容
在这个时刻迎接我们
看一个坚强的民族
坚定地走来

是的，奥运时刻
我们来了
我们走过风雨走过苦痛
我们带着自信与友善
我们来了，奥运时刻！

汶川兄弟

你还在那片废墟下吗
我的汶川兄弟
道路虽然阻隔了我们走近的脚步
却从未曾阻隔一种信念
那就是勇气、坚强与绝不放弃
灾难不期而至
我的汶川兄弟
倒塌的房屋 消逝的城镇
和许多已经安息的灵魂
让我们在这个不平凡的年份中
证明你生生不息的努力和坚持
那些逝去的灵魂
我的汶川兄弟
我们不离不弃的大地啊
我们无法感知一切的大地啊

夺走了我的兄弟的大地啊

请为我们奏响安魂的乐曲吧

我的汶川兄弟

不要哭泣

因为离开是安静的

因为留下是伟大的

汶川祭
——写在汶川大地震一周年

一

我们必须低下头来
面对所有圣洁的灵魂
在这个黑暗的日子里

三百六十五个清晨我每次醒来
都提醒自己还活着
庆幸自己又一次重生

可是那么多的孩子
那么多的母亲
那么多的父亲
没能醒来
没能迎接一个又一个本应该

也属于他们的清晨

二

废墟中倔强的臂膀
试图保护孩子们的明天
废墟中残存的幼小的手
在寻找妈妈温暖的怀抱

三百六十五天我们不曾干涸的泪水
依然容易跌落
那么一年来天空泻下的雨水
就是天使们想念的信息

谁能去安慰他们
我们孤零零的孩子
我们甚至没有来得及告别的孩子
冬天里他们可有棉衣
春天里有谁为他们穿上新衣

夏天里他们容易弄脏的衣服　谁来洗
秋天里又有谁带他们走向田野

三

孩子，我来了
爸爸始终还是放不下你
孩子，你不用再害怕
抓住，紧紧抓住
让我们再也不要分开
哪怕是在天堂

终于有人没能挺过去
再一次离我们而去
思念的痛
也许只有在追寻的路上
才能渐渐平复

这一年我们突然变得

如此容易动情
那是因为我们都是父母的孩子
我们也是或者也将是孩子的父母

语言是苍白的
在如此巨大的悲伤面前
写诗也是无力的
但人类啊
真的很难找到可以收拾泪水
遗忘伤痛的地方

四

这是一位老人　我必须写到他
所有的亲人都离开了他
老人什么也没有说　甚至没有哭泣
他只是一个个地寻找亲人的遗体
然后安葬他们

我不知道

随之安葬的有多少亲情和往事

老人什么也没有说　甚至没有哭泣

他的脸　满是褶皱的脸　干枯的脸

偶尔抽搐了一下

他似乎不需要安慰和帮助

每天做饭、劳动、休息

老人什么也没有说　甚至没有哭泣

他木然地看着的世界　无法打动他

更无法惊醒他

五

一年了　我们是否已经为所有的孩子

盖起了坚固的教室

一年了　我们是否能更准确地预报

灾难来临的时刻

一年了　我们能否郑重地承诺

孩子，我们一定给你一个安全的空间

一年了
有谁告诉天上的孩子
为什么？又是谁？
让教室如此不堪一击

一年了
三百六十五个日夜啊
是否所有饱受创痛的心都得到安抚
是否所有不舍的灵魂都得到慰藉

六

我知道　他们都去了天堂
我知道　他们都不曾离开
一年来　还有以后所有的日子
盛开的花朵　都是献给他们的

我也知道　留下的人们
总是会在每个清晨、午后、黄昏、深夜
再一次想起他们
我们的孩子
我们的父母

既然上天给了我们一颗坚强的心
和如此巨大的磨难
我们真的只有勇敢地走下去
带着逝去亲人的嘱托和希望走下去
并且努力不再哭泣

七

妈妈，你看到了吗
我背起崭新的书包奔向新的学校
我放学后回到家中和留下的亲人
共进可口的晚餐

妈妈，你看到了吗
我一条腿优雅地独舞
我谢幕时如潮的掌声　掌声中
人们动情的泪水

妈妈，你看到了吗
真的，我的生活得到了很好的照顾
离开了你的温暖　世界用另一种温暖
呵护着我的成长

妈妈，你看到了吗
尽管如此　我还是忍不住每个夜晚轻轻呼唤你
我还是在恍惚中感觉你握紧我的手
我还是在人群中默默低下头来
轻轻唤一声：妈妈

八

生活还是得继续

残缺的人生也得完整、认真地走过
在大地无情颤抖和灾难肆虐的地方
承受苦难的人们啊
正在重建一座座心灵之城

人们需要它来安抚不安的心灵
人们需要它守候所有离我们而去的亲人

当鲜花盛开　香烛燃起
还有一缕缕的心香飘向天国
正在注视我们的亲人啊
看到了我们的坚强吗

我们不需要太多的怜悯
我们不需要太多的关注
我们只是要
人类，请记住这个黑色的日子
记住从这个日子开始重新站起
重新走向未来的坚韧与执着

九

时间都无法愈合的伤口
不需要　也不应该再一次撕开
在灾难面前见证的
真情与挚爱　善良与伟大
将陪伴着我们

是的　未来终究已经开始
献上我们编织的所有的白色花环
告慰离我们而去的亲人们的
是我们的坚强与爱

是的　那就是未来
孩子们
收起全部的悲痛
把对亲人的思念藏在心灵最深处
走过去

现在

让我们低下头来

怀念所有伟大而又善良的灵魂

......

是谁说过

是谁说过孩子们都是天使

那为什么天使们没有了歌唱

当一场又一场灾难来临时

我的天使们啊

总是没来得及说声：再见妈妈

就一去不返

是谁说过孩子们都是花朵

那为什么花朵们都没来得及开放

就沉沉睡去

我亲爱的孩子们啊

面对你们小小的甜美的沉睡的脸庞

我是告诉你们夜晚太冷不要着凉

还是告诉你天堂里有更安全的校园

是谁说过你们最珍贵

是谁说过你们最宝贝

是谁说过你们是未来

可一次又一次的灾难来临时

我们总是无能为力地看着你们

离我们而去

是谁说过天上的星星

就是你们在天上的眼睛

可我再次凝望你们的眼睛时

怎么也看不清

而泪水是不是都化作了这场大雨

淋湿了汶川

淋湿了玉树

还淋湿了四散的书包和衣服

辑四

童年集

童年

有时候

童年触手可及

一份笑容一份天真

都在母亲的怀抱中

永远温暖

有时候

童年遥不可及

在青春的峰头

我们忘了记取

母亲给我们的叮咛

有时候

童年穿越所有时空

带着母亲的苦难与欢悦

令我们

一生感动

有时候

童年就在我们手中

要牢牢把握的不仅是机遇

与时间

还有一份永世不再的

亲情

风景

放飞的那群白色的希望

向着海的深处飞翔

一路上有无数的风景

都来不及记录

唯独留下天空中那一抹彩虹

在生命中闪亮

海面上蓝色的波涛

不是她们的归宿

在靠近阳光的旅途中

白色的 彩色的希望

正展翅飞翔

终于

在风雨停歇的某个清晨

她们用晨光诠释自己的希望

弯月

夜深了
那钩弯月还在
还在诉说一种等待

夜深了
童年的那钩弯月
是否仍在照亮我一路的风尘仆仆

夜深了
花朵诉说的等待
一如童年的某个梦想

夜深了

童年的那钩弯月

现在的这钩弯月

永远如花般为我们开放

写给母亲

当有一天
我在人群中找寻
找寻已不再的真情
原来
原来仍是您最可爱

用不变的温情
用您沧桑的双手
将蹒跚的我扶起

如果有一句感谢要说出的话
我想说
谢谢您的爱

童年青草

我们的青草呢
我们的童年呢
我们呢喃的春天呢

呵
原来我们都已一起走过
在岁月的诗篇里
彼此写下最真挚的一首

朋友

朋友，我的双手
伸向何方
我无法启迪每个清晨

朋友，在我的记忆里
什么是最伟大
而什么又是最卑鄙

朋友，我可以没有你
但我不可以没有真情

于是

于是
我在一个潮湿的黄昏
跌进年少的梦中

童年的玩伴依然纯真
扮新娘的你依然含羞

笑倒了
田野上的青草与蒲公英

于是
我在年少的梦中
拾起关于纯真的传说

生活

冬虫夏草
只在此刻开放
用双手画出的天空
用期待描绘的天空
用闪亮的语言道出的渴盼
在流水与云彩后
葳蕤生长

故乡的草地

故乡的那片青草还在吗

故乡的那湾清涧还在吗

故乡那葱茏的山林还在吗

故乡那耳熟的乡音还在吗

故乡那洁净的歌声还在吗

故乡那飞扬的山路还在吗

还在吗 还在吗 还在吗

故乡那永不可再的亲情

是否仍在外婆怀中温暖

渐渐温暖

轻轻温暖

童年的海

夕阳是否真的醉了
远处的那片金黄
是否真的是我们遥远的童年
儿时的渔船正向我们驶来
于是海
于是黄昏
都被童年轻轻收藏
从此
醉了的不再是夕阳
而是我们永远的童年

告诉我

告诉我
穿越那圆圆的思绪之后
又是怎样一片天空

告诉我
那些遥不可及的云彩
是否已然归家

告诉我
所有的伙伴
是否已经找到家门前的
那棵果树

告诉我
什么时候

天空 云彩 家
都在我们的身边
永远不害怕失去

童年的背影

许多梦想

在夕阳暮归之后

跃进童年

而年少的背影

在父亲的身后愈发葱茏

留在远山的游戏

是否还在嬉闹

于是梦想中的梦想

只是轻轻与童年擦肩而过

感激

阳光无私地照耀着大地

我们应该感激

空气中弥漫的花香

温暖的春天

我们应该感激

大海展露她蔚蓝的波涛

我们应该感激

森林里奔跑的动物

翠绿的夏天

我们应该感激

树叶用五彩的衣裳勾勒的风景

我们应该感激

金黄的原野上忙碌的农人

收获的秋天
我们应该感激

雪花自天而降美丽绽放
我们应该感激
回首每个感动的日子
令人期待又令人怀念的冬天
我们应该感激

成长

孩子
你要面对的生活远比过去复杂
你会发现同学们开始有心事
不再无话不说
你也会发现老师更严厉
你还会发现妈妈对你的要求更加严格
这就是成长
因为在大家眼里你长大了

孩子
你要面对的生活不再仅仅是温情
你会看到这个社会还有很多不公平
还有贫穷
你会看到在世界的某些地区还有战争
你会看到马路上乞讨的大人和小孩

你还不完全明白同样的年龄

为什么有不一样的生活

孩子

这就是生活

这就是真实的成长

你不仅仅是花朵、阳光、雨露

你更是一名少年

一名懂事的少年

一名用自信、善良、坚强

从容面对这崭新生活的少年

写在女儿十一岁生日

女儿
似乎一夜之间你就长大了
爸爸还没来得及准备好
你就长大了

好像在昨天
你喜欢爸爸把你高高举起
你还在学习加减乘除
你无忧无虑的童年开始有了
学习的烦恼

女儿
你长大了
爸爸一定要告诉你
从此的道路不再简单

大家对你的要求会越来越多

迁就你的人会越来越少

大家会要求你更懂事更有礼貌

对你不再只是鼓励

甚至会被误解

女儿

当爸爸知道你长大了

要承受这么多的东西

爸爸真不愿意你长大

爸爸真希望你永远无忧无虑

可是生活就是这样

每个人必须成长

连你自己都渴望快快长大

从你一天天懂事、自信、坚强的眼神

爸爸看到了你如此渴望成长

女儿

你如愿以偿地长大了

马上就要跨过十一岁的门槛

成为一个十二岁的少女

成为一名六年级的学生

爸爸知道你一定会从容地面对

未来生活中的全部馈赠

节日

这绿色的原野
是爸爸早早铺下的地毯
在属于你的节日里
迎接你的到来
孩子
尽情地玩吧
尽情地享受只属于童年的节日

这五彩的花朵
是妈妈清晨采摘的希望
在属于你的节日里
与你一道放飞
孩子
尽情地笑吧
尽情地挥洒只属于春天的欢快

这缤纷的道路

是我们热切的期盼

在属于你的节日里

陪伴着你的成长

孩子

尽情地欢乐吧

因为明天的生活需要你自信的笑容

清晨

有这样一个清晨

一颗芽从土里钻出

看了看新鲜的世界

露水正从花瓣上滑落

滴在芽上

芽感觉到一阵清凉

阳光先穿过云朵

再穿过树叶

照在了有露水的芽上

天地变得五彩斑斓

就在这样的清晨

一切都那么不经意

刚好经过

童年的鸟

一

在洪水来临时
我逐渐发现了我们的童年
和空中蔚蓝的鸟群

童年的鸟
也在风中
也在无边的风中

洪水来了
父亲的家园
进入我们的童年

那都是些宁静的声音

如同一种色彩
永远停留在我的嘴唇上

二

童年的气息在父亲的眼中弥漫
还有家园
和家园里全部的情怀

阳光正灿烂
过去的事情霉烂在
整个村庄

洪水来了
我们的童年飘摇在
鸟群的阴影中

三

我来到这个世界上
我们来到这个世界上
牵着母亲的手
牵着童年的手

我用动物的眼睛
观察全部的农作物
农作物的春天无比翠绿
像受伤的鹿群
走向海洋
像受伤的人群
走向森林

四

我来到这个世界
父亲正走在归家的路上

洪水挡住了他的行程
而母亲则迷失了双眼
姐姐们没有回家

人们在收拾家园

五

我用脚趾贴近沙子和水分
向日葵在夜晚
张开妩媚的花瓣启示我

我于是把目光放在
幼小的田埂上
还有麦地
还有伙伴
还有欢乐
还有宁静
还有寂寞

在田埂的另一端
乡间的外公向我们走来

六

许多夜晚
我们一同倾听蛙声
和午后的蝉鸣
这些都是来自泥土深处的声音
这些都是来自泥土深处的声音

七

在早晨
我们醒来

我们赤足走进母亲的田园
和庞大的鸟群

和广阔的山地

洪水仍然没有退却
我们发现
我们生活在空洞的水中

在早晨
我们醒来
又睡去

八

我和伙伴们
在白昼的黑暗中
热烈地重复
各式游戏
如同洞穿世纪的老人

散淡的阳光
照着奔跑的我
和奔跑的我的双手

九

我不知道我的情人
什么时候出现

我盼望着我的情人
立刻出现

十

我们通过各种植物
感受我们成长
我们逐渐遗忘了童年的那只

青翠的鸟

鸟不会忘记我们
鸟会看着我们成长

土地开始枯黄　枯黄
说明洪水来了

我们在洪水之上
再次发现了童年
和童年的那群灵魂闪动的鸟

十一

五月已经流走
矿石已经流走
招魂的双手还留在泥土里

我的身体正被撕裂

我走向东南西北

随着洪水

随着洪水

寻找食粮

寻找食粮

用来供养

用来供养

诗人和整个人类

十二

越过大别山

告别姐姐和情人

整理好蓝色的诗稿

越过大别山

来到平原
握紧母亲的矿质的情感
带着四散的牧羊
来到平原

走向盆地
用自己的头颅解释雨水
用淋湿的血感动雨水
走向盆地

十三

我听到夜莺们又在歌唱
干净的歌声里
我听到了一个人的声音
那是我美丽的三姐

四姐走在异国的语言上
用赖特的诗歌诠释声音

四姐走在父亲放牧过的土地上
四姐走在城市的人流中

二姐是两个孩子的母亲
大姐是个商人
五姐无比孤独
像一位诗歌天才暗淡的阳光

父亲啊
母亲啊
孩子们正被城市污染
我的家园
我的家园

我的家园
我的家园
家园
家园家园
干干净净

十四

童年的鸟阴沉下来
我抱着一部黑色封面的诗集
与诗人们讨论
春天的诗人都死了

十五

让我们放下诗歌
放下文字
放下情感
放下形容
倾听童年的鸟语
洁净的鸟语

像我的家园和姐姐们的少女时代
春天的水很美
冬天的水很美

秋天的水很美

夏天的水很美

春夏秋冬的姐姐很美

十六

我在九岁时看到了爱情

从此

我开始等着一个情人的出现

十七

让我们停下奔跑的脚步

再次倾听鸟语

感受最后一棵树的气息

呵——

我找到了自己的家园

是死亡

是泥土

是黑色的死亡和泥土

十八

洪水来临时

我逐渐发现了我们的童年

和空中黛色的鸟群

那是美丽的纯朴的鸟

那是亲密无间的团体

童年之鸟

童年之鸟

风吹来

没有铃声

只有人们呻吟的歌唱

我的美丽的童年的鸟

停驻而不再飞翔

不再飞翔

辑五

天涯

天涯

这就是我的天涯
看不到海也看不到彼岸
用尽了全部的气力　抵达
穿越江湖所有的恩怨
杏花春雨中全部的想念
所能抵达的天涯

那一望无际的不是蔚蓝的海水
遥不可及的只是你绝望的笑容
我的天涯　没有刀光剑影
平静如没有我们的江湖

我看到自己负剑出走
少年的寻找
只是多年后才知道

其实终点就是起点
可是我已回不去了
我的天涯　无路可回
身后才是无尽的海洋
同样没有彼岸

春天

我在这个春天　低下头来
寻找青草的气息　以及母亲的身影
在一列列开往无法预知前程的列车上
逝去的岁月　如潮水般涌来

我不能停留
关于春天我还知道得太少
发芽的青草　含苞的花朵
雷鸣中灿烂的舞蹈

我来到故乡的上空
我的年迈的父亲正在劳作
而更多的年轻的兄弟姐妹　不知去向
金黄的油菜花　漫山遍野

还是在这个春天　我深入到泥土之中

我想翻动故乡的泥土

这气息如此陌生

生长的气息　如此陌生

食物

谁也不认识这些东西
但要愉快地吃下
我们是如此茫然
在如此广袤的原野上　春天的原野上
找寻不到我们熟悉的食物

牛们猪们鸡们鱼们还有稻谷们
还有我们　在一场场暴雨中
曾经彼此相依　曾经不顾一切
可是现在　谁也不认识谁
但要愉快地吃下
各种方式各种颜色各种味道

我们以为一切都已成熟
其实在原野上　我们迷失了很多次

我们的饥饿被我们的欲望掩盖

总有一天　也许就在明天

无法掩盖的　会离我们而去的

是我们曾经如此熟悉的

夏天

一

这就是夏天　我们如此浮躁不安
我在人群中吮吸着阳光的气息
不安的气息

太阳的照射　草虫的鸣叫
我不知道少年的我是否还在等待
关于二十岁的约定

在各个村庄　在各个城池
没落的情感　没有你的演出
我是如此慌张

二

这就是夏天　柏油路上的奔跑
找寻不到树荫的父亲
还有我们　永世不再的成长

夜里的星辰　飘香的花果
少年的我已经离开
我的奔跑毫无意义

在许多季节　在许多岁月
都无法记起　关于你的种种
我已无法停留

遗忘

不需要学习　似乎是与生俱来

我们都轻易地遗忘

季节轮替中的承诺

某个日子潮湿的窗口

还有你的笑容　还有你不曾停歇的泪水

我们需要你　遗忘

所以我们简单地快乐

是某次航班上　还是某一酒吧的某个角落

你走向我　还是另一个人走向你

用一杯酒拥抱　然后遗忘

如此顺理成章

偷窥的眼神在一堆发霉的照片里

紧张地张望

就是如此　我们还是遗忘

多么好　握一握手

再一次询问关于过去的种种

秋天

田野开始荒芜　疲劳不请自来
就这样沉沉睡去　又无法收获
许多春天的种子　夏天的花
无声无息　我还等待着什么

没有人愿意留下来
城市欲望的街灯　美丽的少女
汽车的尾气　我们如此陌生

田野上也会开出许多小花
在秋天里格外珍贵
美丽的少女们不知道
许多花也会在秋天的田野开放

无法睡去　林立的高楼

逼仄的空间　不能呼吸的歌声

情感的记忆板上　我们依然洁白

语言

有些话很简单
但还是说不出口
站在你的面前　不是羞涩
仍然说不出口

我们已经不能完整地表达
大多数事物在融合之后更加强大
唯独你不是如此

你在远方
在明天的一些遥远中
嘲笑我们
就这么简单

我抓不住你

虽然你无处不在
我们需要你
但你正与我们道别

明天还是明天
已经不能简单地表达
唯独你被我们在秋天遗忘

冬天

大地龟裂　你隐身其中
等待又一次复苏　你还不知道
也许再也没有轮回　只有
无尽的黑夜

苍茫的大地　白桦树把思想
停放在一次不经意经过的北风中
关于明天的向往　诗人的歌吟
在龟裂的大地上　你孤独前行

那些黑色的雪　灰色的思念
都停靠在最后几天的时针上
等待钟声　再一次响起
那已经是奢望　你并不知道

无语的季节　远处的轰鸣

残垣断壁　废墟上红色的记忆

在一个个冬天　无尽的冬天

黑夜里没有任何声息

老去

父亲似乎在一夜间老去
我熟悉的许多人都在老去
在时间、空间之外
有没有另一种方式度量我们的过去

谁也无法逃避
不可避免地老去
包括我们的时代
都是人们阅读的一种可能

老去就老去
从容的人们看着成长的少年
但是人们忘记了
我们给了孩子们生命
却不能同时给一个可以期待的未来

人类就是这样无能为力

就这样无能为力地老去

让不可收拾的老去

陪伴我们　走进明天

看见

看见我走在田埂上
蓬乱的枝叶
仍在呼唤

看见父亲
正用歌谣
敲打炊烟

看见我的幼小
看见我的纯朴
看见我的凌乱的炊烟
很亲切
看见我的炊烟里的父亲
很亲切

失去

那是一把泥沙
被乡村散失
那是一把乡音
被我们遗忘

那是母亲的双手
我们正在失去

那一把散失的泥土
可曾融入一条河流
走进薄暮的城
而那一把乡音
可曾好好收藏

母亲的双手
正在失去

挽歌

没有了
彩色的云　彩色的雨　彩色的风
也没有了
金黄　金黄的麦粒

没有了
那条通往森林的道路
也没有了
姐姐们灿烂的歌唱

我的漫步停驻在冷漠的城市里
我的乡村的行走
没有了

纯白的诗歌在最后响起

像一首安息曲　响起

我们的逃遁

正朝着我们的童年

花朵

你见过乡间黑色的花朵吗
那些黑色的花朵
无比妖艳
像回荡在山林深处一个个
笑容
无比亲切

我见过乡间黑色的花朵
所有所有黑色的身影
把粮食和乡村的无数风景
紧紧捂住

我们见过乡间黑色的花朵
我们发现了城市

远离人类

乡间黑色的花朵

正在盛放

有关某某的流言

需要公开吗

需要证明吗

有关某某与某某

有关一部电影

有关一种病毒

通过一千次的点击

来证实在 2007 年的冬季

有一些温暖的流言

从此苍白的显示屏上

迷漫着近似爱情的章节

向着下一季

向着春天　出发

其实有关某某与某某

有关身体与身体的背叛

不再重要

重要的是我们需要迎接新品问世

迎接不需要再次演绎的头条

在某个冬日

迎着圣诞的某次盛大狂欢

再次散布

一个年代的流言

冬天的冬天

举起手来
如果你再敲击键盘的话
如果你发出这封邮件的话
哪怕这是你梦寐以求的表白
哪怕等待发出的是你字斟句酌的谎言

你还想有所企图
不要以为我没看到你左手的无名指
正在准备偷袭回车键

放弃吧
看到你如此无助
面对升级了加密了付费了的那片原野
虚拟了的眼神
空洞着整整一个冬天

冬天的冬天

连接冬天的冬天

是想复制还是删除

是把一个谎言撕碎

而后扔进垃圾箱

等待我转身离开

再去偷偷唤醒某个密码

再说一次

举起手来　紧紧拥抱

虽然我一直不在你左右

迷失

相信吗

当我真正走近诗歌的时候

我才知道自己正走向更加真实的生活

还有很多诗歌也无法抵达的地方

我试图停止前行的脚步

但似乎无法控制脚步

如同命定的脚印一样

逼迫我们不能停留

有些时候想迷失自己

让脚印去迷惑道路

让诗歌去迷惑未来的生活

放弃吧

可是会醒来

追寻吧

可是会死去

背叛

当背叛成为一种时尚
你让我如何习惯在五彩缤纷的
情感中找到纯真的样子

我只有在我的背后
掏出一把雕刻着你的名字的枪
以你的名义
处决我

十分钟晕眩以后
我看到了
是你　是千年前的你用洁净的
语言　手　身体和诗歌迎接我

迎接一次现实对梦想的背叛

十分钟之后
醒来的不过又是一次背叛

出走

我不希望如此空洞

让思想的外衣四处招摇

我宁愿如同白夜的某个星空

星空的某个角落

角落里某种寂寞

静静地看着

你的出走

没有云彩

也没有告别

在时空的另一个季节中

寒冷着各种情感

我已看不到你的身影

风尘仆仆中你可否回首

可否看到某个星空某个角落中

我的出走

出发

那条道路依稀可见
出发吧
朝着未定的前程　那是我们的方向
出发吧

在路上
我们无法寻找　那片原野
那片金黄　从来都不属于我们
我们只有出发

前程已然清晰可见
唯独不见你
许多个哭泣的黑夜与现实的白天
唯独不见你

其他的都重要吗

一路上

我会尽可能地收拾你遗落的铃声

还有你的无助

出发吧

只有出发才不能停留

只有不停留就能接近

绝对不属于我们的那片原野与金黄

流年

有几种我们无法把握的事物
一是生命
二是爱情
三是货币
四是我们自己

还有一种是
时间

当世界和人类失去时间
我们就很轻松
我们就会热烈地朗诵
来自古教堂里天穹的声音

你在用年龄咬住时间

你在用双手洗净时间
我们失去了许多不该失去的事物
唯独没有失去时间

我与你一起走进去
不要回忆
更不要时间
好吗

机器

站在这黑色的巨大的事物面前
我们人类没有自己的声音
操作的白色的玉般的手
在推动着一种进化

机器是人类的伙伴
但它与粮食不同
因为人类可以远离它
而无法远离粮食

我为我的父亲而骄傲无比

机器是个有阴谋的家伙
它现在对我们恭敬有加
有一天它会打倒我们人类

从而成为自己的主人

而粮食不会

与某种动物对视

只有我一个在房间里
你进来吧
用你的触须或者羽衣

你无法发出声音吗
你用爬行的身体注视着我
完全用感情与我交谈

我走在土地上
揭开石头与你的大门
你哲人般
用各种方式启迪我吗
譬如坐着与爬行的姿态

你向属于你的背景退去

最后一眼深情凝眸吗

我们之间没有爱情吗

我行走在泥地之中

揭开全部的石头

寻找你

泥沙很温柔吗

泥沙里面有黑夜吗

有与之交谈的朋友吗

只有我一个人在房间里

聆听来自另一个世纪的语言

进来吧

让我们默默注视

直到产生感情

及诗歌

守望

在这样一个夜晚
需要一些温暖的怀念
时间挥舞着它丰腴的双手
不可抵达
我们一直深刻地遗忘

我们生长的空间
探进了历史最艳丽的转身
尘埃飞舞的过去
我们正慢慢衰老

有一天
自己仇恨自己
内心中一刹那的善良
让深夜的脚步走近一个一个

无名的驿站

在每一个立交桥上
看到自己一驰而过
可以预见的未来
可以想象的交错
雨水从天而降
看到自己消失在光影之中
并不回避迎面而来的车辆

我怀念过去
温暖的怀念让我垂垂老矣
在很多的村口
守望你们和我们的归来

词语

我无法熟练地应用
一个一个词语
它们不属于我
它们属于夜晚
它们总是流落在夜晚的街头

诗和词语
都在夜晚展现魔力
让我无所适从
无法通过夜晚向着远方呼喊
这狰狞的夜啊
这迷离的词语

我在清晨的某个时刻挡住
词语逃逸的行程

网络已然堵塞

充斥着夜晚的血腥

我无法喊出

哪怕一个词语

我才知道

我是一个失语者

手是我的一切

挥舞在夜晚的上空

面对货币

我和许多朋友坐在
农村与城市之间
将货币切割
然后重新组合
组合成一张张灿烂可爱的脸

我们都知道
货币很古老
曾经与我们的祖先在一起
共患难同富贵
现在祖先们睡过去了
留下孤独的　孤独的
金色的　金色的
铜质货币

货币看着我们出生
蹒跚学步　一点一点长大
货币时时亲吻着我们的未来
我们铜质的　未来
和金色的　黄色的　银色的
现在

很久以前货币是物质的
我和朋友们把玩着这古老的玩意儿
我们一起无奈地成长
货币成为精神的
连接着许多人冷冷热热的情感
贫穷时货币远离我们
富贵时货币亲近我们
我们讨厌这势利的家伙
又不得不讨好它

在城市与农村之间
我的父老们种植着麦子
我热切地守望着
暂时不去面对货币

有个地方叫但店

少年时总听到父亲说到但店
但店但店
我一直以为是个遥远的地方
但又如此亲切
父亲要买点三里畈没有的东西
就说要去但店
但店好像什么都有
但店但店

后来我到了外地上班
总是经过但店
好亲切的但店
怎么离我的家乡三里畈这么近
十里路坐车十几分钟就到了
但店但店

其实并不大
甚至没有三里畈大
但店但店

经过但店还是很亲切
离开三里畈走到但店时
就想着真的离开了家
回三里畈经过但店时
就想着终于快回家了
但店但店
如同心中最近的那块路标
告诉我　再接近
就是少年
就是故乡

快乐

我真的不快乐
城市川流不息的车灯刺痛了我
干燥天气容不下一点潮湿
我看到人们非常不安
似乎有一件始料不及的事情要发生
似乎还很严重
但什么又没有发生
非常不安

我真的不快乐
乡村总是在不知名的路口召唤着我
我想还是回去吧　找一间老屋
种一亩二分田地
看秧苗播下去慢慢长大　变黄
在秋天和村里的人们一起收割

放在稻场里碾压　扬起

高高地扬起　谷壳随风飘散

而谷子安静地　降落

我很快乐

在我的乡村

看一件事情从开始到结束

实实在在

我很踏实

我又感觉到日子是如此丰富

乡居

好了，停下来吧
松林里的风
让我好好回忆关于过去的种种

我种植一些栗树
指望在九月的一天挂上果实
做一碗板栗烧鸡

我的菜园里有一个鸡笼
住着十多只鸡
可以把那只不下蛋的鸡杀掉

我有一亩二分地
需要耕作时就唤上牛儿
用七八天时间就可以把地翻一遍

下雨也好下雪也好
热也好冷也好
我大不了待在屋子里翻一翻书

不装电话也不开手机
我习惯了在村子里溜达
看几个乡村少年在河沟旁摸鱼

也可以到村子后边的山上
漫无目的穿行在森林之中
阳光懒散地照射

是的，我很幸福
我已渐渐回忆不起来过去的种种
我只知道每天早晨要起床为蔬菜浇灌

一天

村子里欢乐的猪们狗们鸡们

都看得到我的生活

早上我挑上菜园里收摘的

南瓜　萝卜或者大白菜

来到镇上

也不用做什么广告就有几个人过来买

到中午菜就会卖完

回村时在村口的小卖部买一瓶谷酒

晚上自己炒上两个小菜喝上两杯

临睡前翻翻书

在文字与田野的气息中沉沉睡去

醒来后日上三竿

又是阳光明媚鸟语花香的一天

相亲

二婶来了
说下午就带我去见见邻村的一位姑娘
我热心的二婶
一直为我的终身大事操心
我不知道如何感谢她
就到鸡笼里拎出两只鸡
让二婶带回家

二婶拎着两只鸡就走了
却忘了告诉我
下午到邻村见哪一位姑娘
如何见上她的面
算了，我也懒得追上去问
就不见了吧

我到灶屋里添上两把柴火

锅里的米饭香了很多

炒一个芦笋打一个鸡蛋汤

这个午饭吃得很饱

到床上睡个午觉

想想到底邻村哪位姑娘还在等我见面

午觉醒来已经差不多下午三点

说差不多是我估计的

我没有手表我也不需要手表

我的时间太多了

我可以安心等二婶几年后想起来

再安排我和那位姑娘见面

我不急

我准备做晚饭了

秋天

田野开始荒芜　疲劳不请自来

就这样沉沉睡去　又无法收获

许多春天的种子　夏天的花

无声无息　我还等待着什么

没有人愿意留下来

城市欲望的街灯　美丽的少女

汽车的尾气　我们如此陌生

田野上也会开出许多小花

在秋天里格外珍贵

美丽的少女们不知道

许多花也会在秋天的田野开放

无法睡去　林立的高楼

逼仄的空间　不能呼吸的歌声

情感的记忆板上　我们依然洁白

漫步

我有时会离开村子

但绝不是回到城里

我已不能想象在城里的生活

我只是在大别山在田野

漫步

我要看看熟悉和不熟悉的农人

播上种子

收割油菜

扬起谷穗

我要看看悠闲的农人

在集镇上溜达

在县城里买上电器

在寺庙里还个心愿

我想看看过去的我未来的我

因为寻找情感而迷失在乡间小路

因为寻找幸福而流落他乡

因为醒悟最后回到乡下

漫步

过去的生活

山里游走的许多灵魂留在　夜晚
丛林中的角落　有清冽的雨水
抚慰　所以在我们肆意的行走中
没有记忆

一座又一座的山峰　等待
远方的风　降临
其中的气味不再陌生　出走的
留下的都是曾经拥有的

最终都四散而去　青春年少
在山野间快乐地歌唱　找寻不到
二十年前遗落下的词语
等待之外的　游走

没有什么是不能遗失的

山后的河流　河流之上的

人生　逝者如斯夫又如何

少年的呼唤卷起的波纹迫不及待

往事

往事真的如烟
那么请让我随风飘散
飘进你五月南风的窗下
我愿意是往事
永远醉在你不知年月的故事里

如果往事凝重如雨
请让我化为泥土和飞扬的沙粒
我愿意每每在多风雨的季节
轻轻倾听你唤我的名字

如果往事依旧是往事
请不要乘着纤柔的晚风
放飞希冀的船只
让落叶飘进我每一个霉变的日子里

我原谅了你就像原谅了时间一样无奈

或许往事毕竟是往事毕竟是记忆
我却愿她永远在你心田存放
就像往事永远是往事一样　　永远

未来

谁会成为这块土地的传奇
在人间传颂
谁会成为一个故事的主角
沧海桑田
风花雪月
又或者感动天地

谁的诗句会雕刻在广场的石头上
被孩子们牢牢记住
成为一首首童谣
在入睡前打动一颗幼小的心

一切如此不可预知
未来如同黑夜难以捉摸
而我只是想与孩子们一起

唱古老而又清新的歌谣

不被人记起

更无所谓遗忘

上路

朋友　你将用怎样的方式
埋葬我
是我收集的各色落叶
还是我留下的童年山岗

我想我是在一个清晨
开始一种新的生活
不要让我穿着白色的灵衣
上路
而用　而用你们
你们冰冷的呼吸
把我化作一缕彩色的云烟

朋友　我将要背起全部的
诗歌　和所有的童年上路

让我在风中干枯

让我在秋天的海里

守望父母和蓝色的乡村

而不再　而不再

远去探望同时风化的情感

墓志铭

这里安放着的不是一个灵魂
而是一首诗歌

我正走向遥远的海
我收拾着一路的风与落叶
我为路人打扫着黎明与黄昏

我很安静
很安静地写着我永远的诗歌
很安静地想着我所深爱的一切
然后死去

过往

我们为什么总是被一些事物感动
禁不住流下热泪
内心中一刹那的柔软
让我们走向你吗

花瓣吹散
泥土中不曾停止的挣扎
有一刻的停留
不经意间想起的过往

热切又或者冰冷的面容
狰狞的记忆　不堪的语言
一刹那的柔软随风而去
取而代之的时间中你被轻易遗忘
再也没有人记起

那一刻是灵魂吗

是灵魂在那一刻被唤起　又被吹散

安静不了啊

不堪的岁月

不安的过往　蠢蠢欲动

怀念

你知道　留下那些纷乱的雨
是困难的　十五岁的少年
多愁善感
你知道　在每一个清晨后面
掷地有声的　是一串一串
没有尽头的雨水

母亲是温暖的　在一场大雨之后
我躲进时间的深处
找一座山峰　回忆
你知道的　慌乱的季节
疯长的荷花
池塘里　无声无息的身影

有一条街道　一直在穿越

飞檐下的雨滴　悬而未决
你知道的　因为我告诉过你
十五岁的少年
漫无目的的岁月　在窗外
随风而逝

你知道　田埂上的泥泞
没有人在意
只有我在怀念　二十年后
会有一场怎样的相逢
又或者是告别　母亲啊
你温暖的手
在乡下　在雨中
还是在田埂上

日食

看不见的黑绝尘而去
经过的村庄经过的情感
这些流民　草寇　独眼　逃犯
茫茫苍苍没有尽头地占有与失去
最后一个对手
也许是你也许是不舍

谁也看不到的呵护
只看到你挡住的光芒
钻石环刺目的美令人心颤
力无用剑无用功无用法无用
江湖江湖
只有人声鼎沸

有一刻我想孤身上路　单剑走天涯

但没有了你的指引

我迷失在简单的丛林之中

夜短得可怕而白昼也无影无踪

天地动容的刀光剑影

在一阵清风中飘散

你的衣袂

在没有白昼的江湖

迅速变成传说

传说黑与白的爱恨情仇

传说没有了江湖的水面

波澜不惊　平安无事

伤害

关于伤害你一无所知
在某处阴暗地等待
但你一无所知

一个窨井盖
一片泥塘
一份不值一提的爱情

而关于伤害我们一无所知
甚至不知道从何谈起
于是遗忘吧
丢在风中　　不着痕迹

天亮

有些时候我们追究意义
追究质量追究尊严
有些时候我想还是
安静下来
有些时候我看不到你
同理：你看不到我
有些时候我知道永世不再
有些时候我波澜不惊
有些时候你知道吗
我醒着梦到了无数个天亮

河流

有两条河流经过这里
一条来自高山　一条来自内心
我是这片领地的守护者
一会儿仰望高山　一会儿审视内心

有些时候难免蠢蠢欲动
高山告诉内心　出走吧
把河流还给河流

我还是留下来
所有的河流都奔向了远方
高山还在
内心还在
我守护的领地却已不在

坦白

从一个梦中潜入
过去的种种
皆不可测
深不可测

你的踪影呢
一定不在这样的过去里
那么，如何去找你
仅仅依靠一株百合的气息
是不够的

于是，我推开你的双手
坦白

聊聊

我只是想和你聊聊孩子
聊聊雪融化后原野的样子

我们还可以聊聊
我们还是孩子的时候
聊聊那次不顾一切地奔跑

我们甚至还可以直接和
孩子聊聊
聊聊他们的某次奇遇

我只想聊聊这些
因为其他的我什么也不愿意聊了

宝石

宝石是不需要安慰的
寒冬渐远
凌乱的枝叶深入泥土之中
依然湿冷的念头
被临近的某个已渐渐平息的灵魂
侵扰

后来成了岩石
坚硬的骨头都消失无踪
干燥的就如初秋的平原
辽阔而又无所作为

最后是仅剩的一点点气息
渗进了岩石的心中
刚好有一滴海水经过

把彻底安静的潮汐

和时明时暗的月光

也留下来

在泥土之中

岩层之中

把一个灵魂

变硬

变得虚无

变得不需要安慰

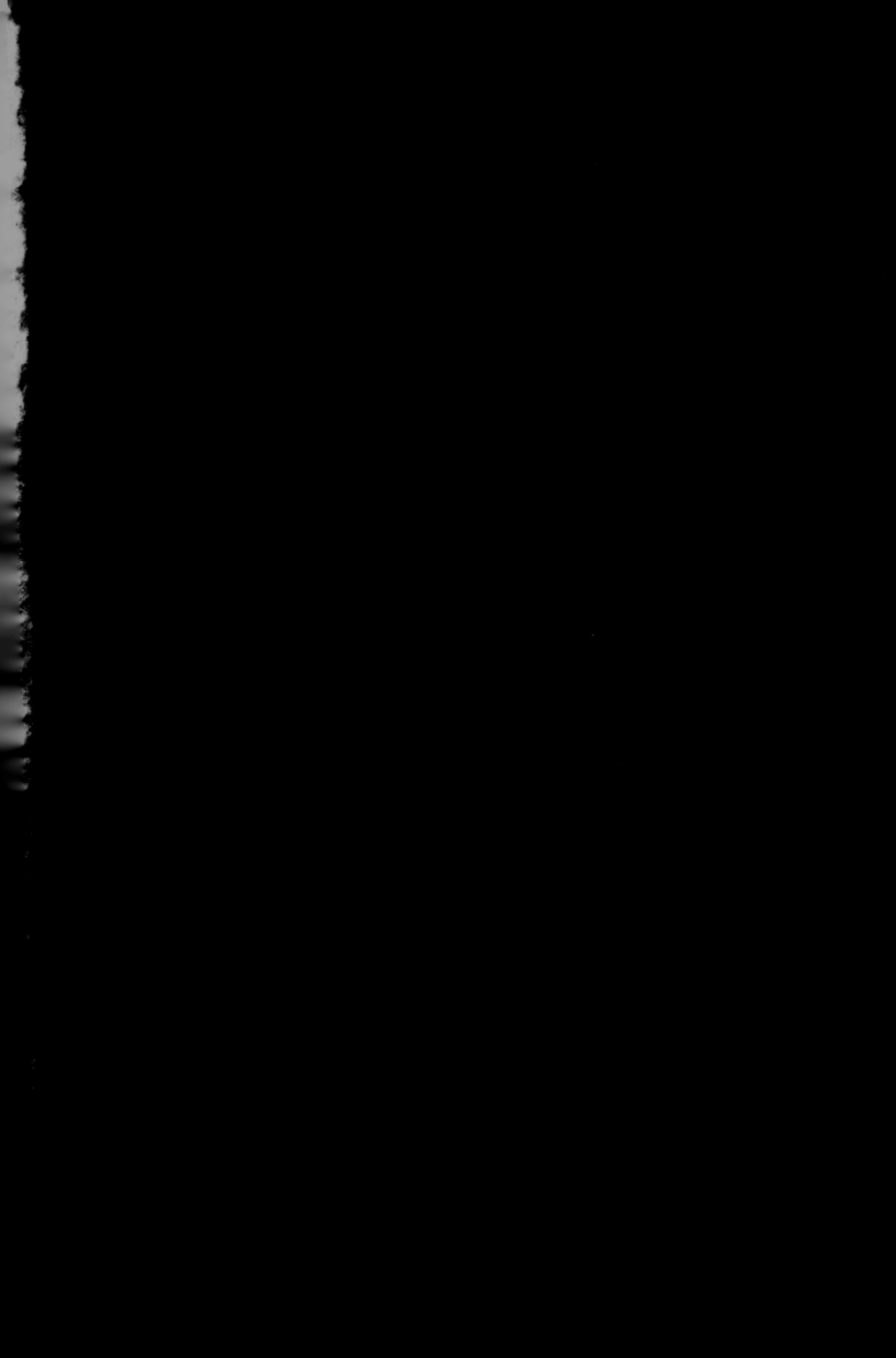